TOBAL
BOAC
ESSENCE
TATOL
1982
GARANTI PAR
HVERT GLAD
FIM
N°20
CHIEN POISSON
CROQUETTES
NOEL
NOUVEL·AN
VEW GETRONKEMOMBIOAT BERLIN
MAISON
POISSON
3
mon doudou
1998
N° Collection
deux
CRACOTTE
céréales
DUNI
EN VENTE ICI
voiture - essence
OCEAN
BEACH MAINE
Ocean's Waves

« Pour Étoile, Luna,
Colombe, Marguerite,
Grâce, Doulce, Aimé et Orso. »
E.P.S.

« À ma petite collection
de blonds, Lucien et
Léonard, mes désirés. »
L.P.

50 bis, rue du Renard 76000 Rouen - www.editionsetageredubas.com
Éditrice : Delphine Monteil - Assistante éditoriale : Mélanie Lehmann
Maquettiste : Céline Robert

ISBN : 978-2-490253-62-3 - Dépôt légal : novembre 2024
Loi n° 49-956 du 16 juillet 1949 sur les publications destinées à la jeunesse.

Achevé d'imprimer en octobre 2024 par Jelgavas Tipogrāfija (Union européenne).

Les illustrations de Lucile Placin mélangent des techniques numériques,
des collages et de la peinture.

Ce projet a bénéficié d'un soutien de la DRAC de Normandie
et de la Région Normandie au titre du FADEL Normandie.

RÉGION NORMANDIE
PRÉFET DE LA RÉGION NORMANDIE
Liberté
Égalité
Fraternité

Emmanuèle
Pétry-Sirvin

La Collectionneuse

Lucile
Placin

L'ÉTAGÈRE DU BAS

Emilie
Amandine
Camille
Andréa

Tanaquil

était la troisième enfant

d'une fratrie de six filles.

Depuis toute petite, elle collectionnait tout.

Elle collectionnait les

doudous

et les peluches...

tant et si bien
qu'elle n'avait plus de place
pour dormir dans son lit.

Puis, elle se passionna
pour les

oiseaux de paradis

qu'elle mit en cage
pour mieux les regarder.

Dans son refuge,

elle collectionnait les

mousses et les lichens...

ça sentait bon l'humus

et même parfois le moisi.

Elle collectionnait les petites

fioles de parfum...

les odeurs se mélangeaient

comme dans un magasin de maquillage.

Entre les lichens et les parfums,

ça lui donnait parfois un peu

envie de vomir.

Liane
forêt de Chiberta
Fioles de Hermanville
Fioles de Grasse
Mousses
forêt d'Hourtin
Fioles de Dieulefit
Mousses
Rochers
d'Ilbarritz
Fioles de Saint-Jeannet
Lichens
forêt des Landes
Mousses de
la Gaude
Fougères de
Samois-sur-Seine
Maurice
Mousses
arbres
Delphinium

En grandissant, elle continua sa passion.

Elle commença la musique et se mit donc à collectionner les

Pourtant, elle n'avait que deux mains et dix doigts, comme tout le monde !

Voyage en Allemagne

théières

Elle collectionna des théières

qu'elle admirait en buvant son café.

Elle rêvait de voyages possibles,

mais bientôt il n'y eut plus de place

pour des nouvelles théières...

elle ne savait plus où les ranger.

Théière de Bali

Chinée au Québec
Cachette à Bonbons
Théière du Maroc
Tableau de grèce
Café du Mexique

Elle adorait conduire, alors elle collectionna les

voitures

« Vingt Jaguar, toutes les couleurs, de chaque modèle ! »
disait-elle fièrement.

Trouvé dans une Brocante à Lyon

Tanaquil collectionna aussi les

amour
eux

Je t'adore !

Promenade à Paris quartier Notre-Dame

Hendaye

lettre secrète à ouvrir dans 10 ans

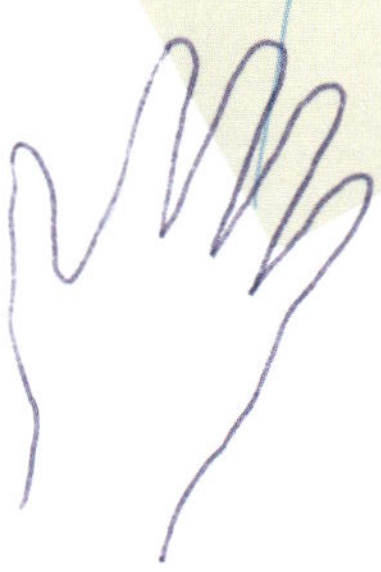

1er slow sur Stevie Wonder "My cherie Amour"

Bague trouvée dans le sable

les papillons
Strasbourg
les arbres et les lichens
Dieulefit
les guitares
Londres
les oiseaux
Barbezieux
Lucerne
les voitures
les amoureux
New York
A la Mongie
les boules à neige
Biarritz
les planches de surf

Elle décida
de devenir architecte
pour construire son avenir,
dessiner des

maisons

pour les autres
et aussi pour
elle-même,
pour y abriter
ses collections.

Un jour, elle s'aperçut que
son ventre grossissait.
Son bidon devint rond, rond,
rond, très rond.
Elle était enceinte.

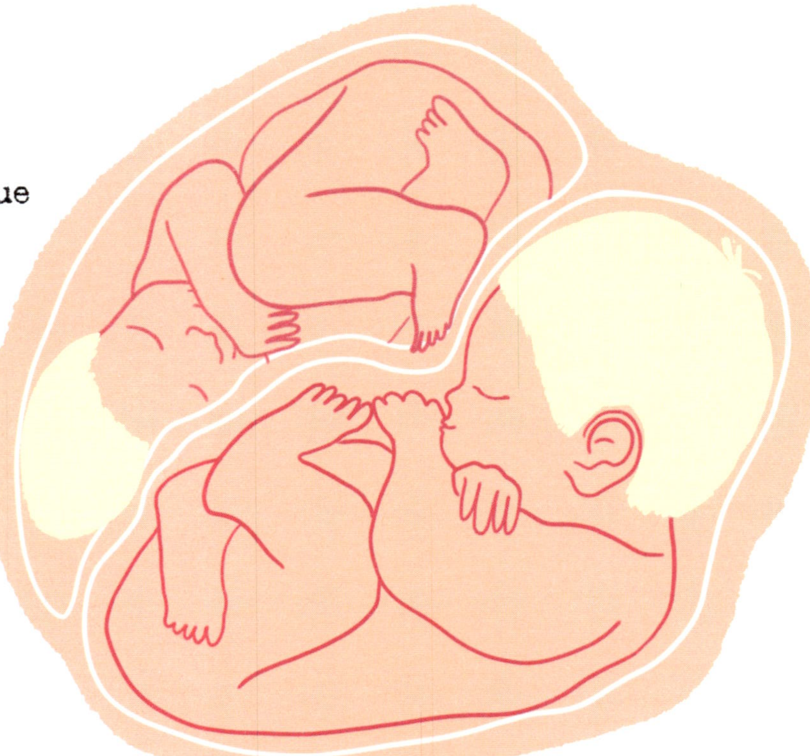

Elle pensa
qu'il y avait
au moins
deux

bébés

dans son ventre...
des jumeaux...
peut-être même
des triplés ou...
serait-ce possible...
Waouh !
des quadruplés ??!!

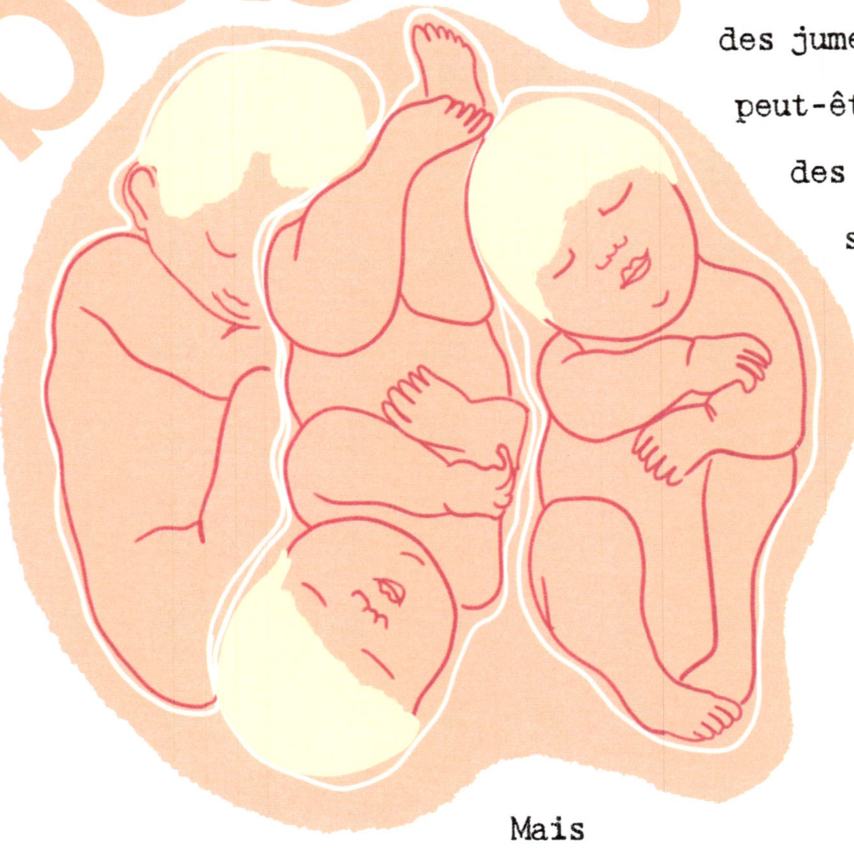

Mais
elle ne mit au monde qu'un seul bébé, très joli.
« Désiré, ce sera ton nom », dit-elle.
La joie l'envahit.

Elle donna

TOUT

autour d'elle car elle se rendit compte qu'elle n'avait plus besoin de rien d'autre...

Et elle donna son amour à son

enfant

qui le lui rendit bien.

STNALLOCOTUA
SKATE
câlin
Toutou
Rouge
Paris
CHANCE
NOËL
A
Bois
Arc en ciel
PARIS
LOVE
petit cheval
Love is in the air
je t'adore
PEACE
3
DATE
For
Banana!
Pan Pan
W
LOVE
LOVE
Coquillages et crustacés
M

PB
GUYANE
433357
BASTROL
LOVE Books
DIRECTION HOTEL
VOYAGES HOTEL 1987 MUSKOGEE
PARFUM
HOHE
DUBLIN
FOREVER
1999
Pommes
AVIANCO
Etiquette de Voyage
Essence Voiture
GROUP
1998
Air France
VOYAGE
Pomme
MANGER 5 Fruits
N°1 47.
Red Union
OSSE